LE

PARAPLUIE

PATRIMONIAL.

PARIS,

CHEZ LES MARCHANDS DE NOUVEAUTÉS.

1822.

LE
PARAPLUIE
PATRIMONIAL.

Pour beaucoup de personnes, voyager n'est autre chose que changer d'air à chaque instant, et promener vaguement ses regards sur des objets toujours nouveaux. Chez ces gens-là l'esprit et l'âme restent impassibles ; l'une n'éprouve point d'émotions, l'autre ne s'orne jamais d'aucun des trésors qu'il trouve sur sa route, et revient à ses pénates aussi pauvre qu'il en était parti. C'est ce qu'on appèle *voyager comme une malle.*

Heureusement pour la civilisation, tout le monde ne voyage pas ainsi. Il est des hommes, quoiqu'en petit nombre, qui profitent plus dans un seul voyage que d'autres ne le feraient en voyageant toute leur vie. Ces hommes étudient partout la simple nature et l'art qui sert à l'embellir ; leur insatiable curiosité se plaît à observer, dans le plus grand détail, les progrès des sciences et des arts de chaque nation ; mais ce qui de nos jours occupe davantage encore ces utiles voyageurs, c'est l'étude des mœurs, du caractère et des institutions politiques des peuples qu'ils visitent. Ils s'emparent de tout ce qu'ils ont remarqué de bon et de profitable, et de retour dans leur patrie, ils y répandent des torrens de connaissances et de lumières qu'ils ont puisées en cent lieux différens. C'est ce qu'on appelle *voyager avec fruit*.

Il y a environ trente ans, deux enfans d'une famille aussi riche que puissante, mais dont les affaires venaient d'être terriblement dérangées par les vicissitudes des temps, crurent devoir confier le soin de leurs intérêts à des mains étrangères, et faire le tour de l'Europe pendant qu'on les discuterait à Paris. Ils eussent, sans doute, mieux fait de les défendre eux-mêmes, mais ils cédèrent aux circonstances, au lieu de les maitriser; et suivirent le torrent de la mode, qui entraînait hors des frontières, avec tous les grands et petits ridicules de l'époque, beaucoup de gens raisonnables que la France pouvait regretter.

Quelques familles puissantes du Nord, alliées à celles des deux jeunes voyageurs, dont l'aîné était appelé Auguste et l'autre s'appelait Philippin, semblaient leur tendre cordialement la main et leur préparer les moyens de recouvrer l'héritage qu'on leur contestait. Il ne tardèrent donc pas à franchir le Rhin, et à se trouver au milieu des amis de leur maison; mais hélas! ces amis étaient presque tous de jeunes imprudens sans expérience, ou des vieillards obstinés sans talens : chacun avait la prétention de commander et personne ne voulait obéir ; c'était en un mot, l'anarchie la plus complète, et l'anarchie est l'état le plus déplorable dans lequel la société puisse se trouver.

Néanmoins, les amis de nos deux voyageurs, n'écoutant que leur vanité, firent plusieurs tentatives qui échouèrent toutes complètement. Un résultat aussi humiliant ne pouvait manquer de réfroidir aussitôt leur ardeur chevaleresque, et de mettre tellement le désordre parmi eux, qu'il n'y eût plus aucun espoir, du moins pour le moment, de rétablir les affaires de la famille dont il s'agit. Il ne resta donc aux deux frères d'autre parti à prendre, que celui de voyager, en attendant des circonstances plus favorables pour eux.

Ils regrettèrent plus d'une fois alors d'avoir abandonné leurs affaires, mais il était trop tard. Ils partirent sans savoir où il s'arrêteraient, et ce n'est qu'après avoir parcouru l'Italie, l'Allemagne, la Prusse, la Russie et la Hollande, qu'ils se fixèrent, enfin, en Angleterre.

Ce pays, si différent de tous ceux qu'ils venaient de visiter, offrait matière à la curiosité de nos voyageurs. Ses institutions politiques, la liberté dont ses peuples jouissent, l'activité de leur commerce, leur marine marchande et guerrière, étaient pour eux des objets nouveaux qu'ils devaient méditer avec fruit. Auguste en reconnut toute l'importance, et s'appliqua à étudier les lois et les mœurs anglaises; mais pendant qu'il cherchait à étudier les hommes de de cette île, son frère Philippin ne trouva rien de mieux à faire que de perdre son temps à étudier les chevaux et les chiens dont l'Angleterre abonde. C'est ainsi qu'il employa plusieurs années, et c'est ce qui fit dire à son retour, qu'il n'avait rien appris dans ses voyages.

Auguste dont l'esprit était beaucoup plus solide, ne cessait d'observer de près tout ce qui frappait sa pensée. Après avoir étudié les lois de l'Angleterre, il visita avec soin ses arsenaux, ses ports, ses manufactures; aucun détail ne lui paraissait oiseux; aussi fut-il bientôt familier avec la politique et les arts de la Grande-Bretagne.

Pendant qu'il se livrait à ces recherches, il remarqua que tous les habitans de l'île, quel que fût leur rang, avaient tous un Parapluie en commun, dont ils se servaient comme d'un talisman, pour dissiper les orages qui grondent quelquefois chez eux dans l'horizon politique. L'homme puissant aussi bien que le faible, le riche comme le pauvre, s'abritent tous également sous ce Parapluie, dès l'instant qu'ils pressentent quelque tourmente dans le royaume, et le calme ne manque jamais d'arriver avant le naufrage.

Émerveillé du mécanisme de ce Parapluie, et convaincu de son efficacité dans les jours troubles et nébuleux, par les effets qu'il en avait lui-même observés, notre voyageur voulut en dérober le secret à l'Angleterre, afin de l'importer dans sa patrie, lorsqu'il aurait le bonheur d'y revenir. Il s'appliqua donc à bien étudier la coordonnation des ressorts qui le font agir si admirablement, et ne tarda pas à la comprendre, car il avait le sens droit et le jugement très juste.

Mais, de même qu'un préfet qui arrive dans un département, trouve toujours quelque chose à changer dans le mode d'administration suivi par son prédécesseur, et qu'un ouvrier quelconque chargé de réparer un ouvrage qu'il n'a pas fait lui-même, cherche toujours le moyen d'y placer quelque innovation de sa façon, notre studieux voyageur trouva que les ressorts étaient trop compliqués; et que le Parapluie était trop pesant pour un bras peu exercé à s'en servir. En conséquence, au lieu de suivre le modèle qu'il avait sous les yeux, et dont il avait été enchanté d'abord, il fit un Parapluie à son idée, et en fut naturellement très satisfait, car on sait que chacun tient à ses ouvrages autant qu'à ses propres enfans, et surtout ceux qui n'ont point d'enfans, et qui ne comptent qu'un petit nombre d'ouvrages.

Cependant le Parapluie qu'Auguste venait de construire n'en était pas moins très-défectueux; l'étoffe en était légère, les ressorts trop plians, et les proportions nécessaires avaient été si peu gardées, qu'il n'y avait plus qu'une seule personne qui pût s'y placer bien à son aisé. Quoiqu'il en soit, ce fameux Parapluie fut soigneusement arrangé dans un très-bel étui, et placé parmi les objets les plus précieux qu'Auguste eût recueilli dans ses voyages.

Il n'y avait pas long-temps que ce chef-d'œuvre était achevé, lorsqu'il arriva en France des évènemens bien extraordinaires, pendant lesquels des parens et des alliés fort éloignés d'Auguste et de Philippin, pensèrent à eux et trouvèrent aisément le moyen de leur faire rendre leur héritage en bien meilleur état, et de les rappeler à Paris. Sans doute la providence fut pour beaucoup dans tous ces changemens de fortune, et la grâce de Dieu se manifesta toute entière en faveur des deux frères; mais il est juste de dire aussi que leurs alliés avaient mis en balance de nombreuses et excellentes raisons, contre lesquelles il était impossible de lutter.

A la première nouvelle de ce bonheur imprévu, Auguste fut tellement transporté de joie, qu'il lui fut impossible de quitter son fauteuil pendant plusieurs heures ; mais Philippin plus ingambe et plus léger, sauta aussitôt sur son meilleur cheval et allait piquer des deux, lorsqu'un second courrier arriva tout essouflé pour confirmer ces heureuses nouvelles. Bien convaincu alors de leur réalité, Auguste retrouva ses forces, se leva et s'adressant à son frère, impatient de galoper : « Philippin, lui dit-il, n'allez pas faire des sottises : l'expérience m'a démontré que nous ne pouvons plus administrer aujourd'hui nos domaines, comme on les administrait il y a 30 ans. J'ai mon plan tout fait, je vous montrerai le Parapluie qui doit si puissamment contribuer à son exécution : laissez-moi faire ; ne me dérangez rien, et surtout, mon cher Philippin, je vous le répète, n'allez pas faire des sottises ».

Philippin, que son cheval entraînait, prêta peu d'attention à la leçon que son aîné lui fesait ; il se moqua même un peu de son Parapluie et de son plan ; quant aux sottises, se dit-il en lui-même, si j'en fais, nous avons maintenant de quoi les payer. Allons, vole Zéphire ; et Zéphire l'emporta à Douvres, d'où Aquilon le jeta à Calais, et d'où Borée le poussa à Paris.

Auguste cependant, réfléchissait à la nouvelle position dans laquelle il allait se trouver. Possesseur du plus beau domaine de l'Europe et d'une fortune immense, il sentait combien il serait difficile de les bien administrer ; mais plein de confiance dans les vertus de son Parapluie, il ne balança pas à se mettre en route avec ce talisman, produit de ses veilles et de son travail. Il ne fut pas plutôt aux limites de son domaine, qu'il le sortit de son étui, et le montrant à ses amis et à ses serviteurs : voilà, leur disait-il, ce que je vous rapporte de mes voyages, c'est un véritable paratonnère contre les tempêtes politiques, c'est un frein pour contenir les passions, c'est la plus sûre garantie de la durée de l'ordre et de la tranquillité, c'est en un mot, un panacée universel contre toutes les maladies du corps politique ; conservons-le avec soin si nous voulons vivre en paix entre nous. A ce langage plusieurs des amis de l'enfance d'Auguste se mirent à rire ; d'autres plus hardis se moquèrent hautement et du Parapluie et de ses prétendues vertus, et presque tous furent d'avis qu'on n'en avait nullement besoin, et que c'était un meuble complètement inutile.

Etonné de l'accueil que l'on fesait à son ouvrage, Auguste douta un instant si tous ceux qui l'entouraient n'étaient pas des fous; mais n'osant porter un jugement concluant sur eux, il aima mieux remettre le Parapluie dans son étui pour leur prouver, à la première occasion, combien il pouvait être utile de s'en servir, et combien ils avaient tort de le mépriser. Soit négligence, soit intention de la part de ceux à qui

Auguste en confia la garde, le Parapluie fut traîné d'appartement en appartement, jusqu'à ce qu'on le mit, enfin, dans un coin de la maison, tout couvert de rouille et de poussière.

Cependant, à l'approche d'un équinoxe toujours fameux par ses tempêtes, le ciel se couvrit vers l'orient d'épais et d'épouvantables nuages. Aussi rapide que les vents qui le poussaient, l'orage s'approcha de Paris avant qu'on eût songé à le conjurer, et la foudre grondait déjà dans les plaines qui environnent cette capitale, lorsque Auguste pensa à son Parapluie. Il le demanda à grand cris, personne ne se rappelait ce qu'il était devenu. Enfin, on le trouva là où il avait été relégué, et l'on s'empressa de l'ouvrir; mais, ô comble de malheur! la rouille, la poussière, l'humidité l'avaient tellement pénétré, qu'il ne fut plus possible d'en tirer le moindre avantage. Auguste et sa famille, abandonnés par ceux qui s'étaient moqués de son Parapluie, exposés à toute la violence de l'orage, se virent forcés de chercher un asyle chez leur voisin.

On devine aisément quelles réflexions dut faire Auguste pendant qu'il était à l'abri chez son voisin : combien il maudit ses amis, ou plutôt ses flagorneurs, de l'avoir si mal conseillé! et combien il se reprocha sa faiblesse! mais le mal était fait, il fallait ne pas se décourager et chercher à le réparer du mieux possible. Il recueillit donc les restes du Parapluie, et travailla sans relâche à le reconstruire, bien convaincu que sans ce talisman il n'y aurait point de salut ni pour lui, ni pour sa famille et qu'ils seraient sans cesse exposés à tous les tourmens, faute de moyens convenables pour les prévenir, ou pour les faire cesser.

Le temps ne fut pas toujours orageux, et l'été permit enfin à Auguste et à sa famille de se mettre en route pour retourner sous le toit paternel.

En y arrivant Auguste fut justement étonné de trouver dans ses salons et ses antichambres les mêmes hommes qui, peu de temps avant, s'étaient moqué de son Parapluie, et lui avaient donné de si mauvais conseils; mais il le fût bien plus encore lorsqu'il leur entendit tenir le même langage qu'avant la tourmente à laquelle il était resté exposé. Oui, disaient ces mêmes flagorneurs, votre Parapluie est parfaitement inutile dans ce pays; lorsqu'il éclatera quelque orage faites comme nous, ne vous y reposez pas, cachez-vous, et ne reparaissez qu'avec l'arc-en-ciel précurseur du calme. A ces discours, Auguste indigné ne répondit qu'en levant les épaules, et quittant ces hommes si peu prévoyans, il alla en chercher d'autres auxquels il put confier la garde du Parapluie qu'il avait réparé.

Après beaucoup de recherches infructueuses autour de lui, Auguste jeta enfin les regards sur un jeune homme de bonne mine, qui promettait de devenir un excellent sujet. Il se l'attacha par de grands bienfaits, et dès qu'il se crut assuré de sa prudence et de ses bonnes dispositions, il lui remit le fameux Parapluie, en lui enjoignant d'en avoir le plus grand soin, et de le tenir toujours intact et toujours prêt à servir.

Le jeune homme auquel Auguste témoignait tant de confiance fut long-temps jaloux de la mériter. Le Parapluie était bien gardé et bien entretenu; on l'ouvrait quelquefois pour voir si rien n'était dérangé; une fois même, on l'exposa à un orage qui survint dans le mois de septembre, et l'on fut enchanté de son efficacité. Toutes les fois qu'il s'élevait quelques nuages, on ouvrait le Parapluie, et ils étaient aussitôt dissipés. Tout était tranquille, et malgré quelques brises, qui n'étaient jamais dangereuses, le calme ne cessait de régner dans le domaine d'Auguste, ainsi que dans sa maison.

Tout à coup cette famille fut frappée du plus grand des malheurs. La consternation fut générale : tout le monde était tellement affecté, que personne ne pensait plus à ses affaires; tout était dans le désordre et l'abandon. Les méchans seuls avaient conservé leur sang-froid; et, profitant de ce moment horrible, ils arrachèrent le Parapluie des mains de son jeune gardien, et s'en emparèrent.

Dès ce moment, il n'y eut pas de jour où ce Parapluie ne reçut quelqu'atteinte plus ou moins grave. Tantôt on le déchirait, tantôt on le foulait aux pieds, et l'on finit par le jeter sous la remise. Là, tous les valets et tous les chiens du château s'amusaient souvent à le traîner dans la boue; il n'y avait pas jusqu'aux *ridiculus mùs* de la maison qui ne voulussent s'amuser aussi à le ronger.

Auguste, dont le cœur était navré de douleur, avait lui-même oublié le Parapluie; il est d'ailleurs un âge où l'on ne tient plus autant aux objets que l'on affectionnait auparavant. Auguste aimait bien toujours son ouvrage, mais il commençait à lui préférer son repos. Ainsi, le Parapluie restait sous la remise, exposé aux insultes du temps et des hommes.

Après quelques années qui s'écoulèrent tant bien que mal, et sans qu'on daigna s'apercevoir que le Parapluie n'existait presque plus, il survint, en Europe, un épouvantable tremblement de terre, suivi d'un bouleversement général. La mer était sortie de ses limites; les vents étaient déchaînés; la foudre éclatait avec fracas en cent lieux différens; le ciel semblait avoir déclaré la guerre à la terre, et la dévastait par des torrens de pluie et de grêle.

Dans cet horrible moment, Auguste chercha vainement ses prétendus amis; ils s'étaient tous cachés dans les caves les plus profondes : la maison était abandonnée, et ce ne fut pas sans peine qu'il trouva son Parapluie dans l'ignoble réduit où on l'avait jeté. Quoiqu'il fut visiblement dans le plus mauvais état possible, Auguste voulut essayer encore de s'en servir; mais les ressorts se brisèrent dans ses mains, et les lambeaux de la couverture furent emportés par les vents. C'est ainsi que les cheveux blancs d'Auguste se trouvèrent exposés une seconde fois à toute la violence de la tempête; aucun asyle ne s'offrait à son imagination; les routes, débordées de tous les côtés, ne lui permettaient plus de s'abriter chez son voisin. Auguste allait périr, lorsque, à la lueur des éclairs, il aperçut un génie qui du sein des nuages se dirigeait vers lui. L'espoir rentra aussitôt dans son âme brisée. Qui que tu sois, lui dit-il, dès qu'il put en être entendu, sauve-moi, sauve ma patrie. A ce mot de patrie, prononcé par Auguste, l'immortel tressaillit de joie, et lui répondit en ces termes :

» Rassure-toi, ton heure n'est point encore » arrivée, et ta patrie ne peut périr : elle doit » remplir les hautes destinées que l'Éternel a » bien voulu lui confier. Je suis ton bon gé- » nie, c'est moi qui t'ai ramené deux fois sous

» le toit paternel ; je puis le faire une troisième. » Jette le Parapluie déchiré que tu tiens, il ne » peut plus te servir, prends celui que je t'ap- » porte ; quoique fabriqué en France, il vaut » mieux que tous ceux de la Grande-Bretagne. » Il a couté deux ans de travail à des ouvriers » bien habiles, et c'est depuis le 14 septembre » 1791, que je le possède et le garde soigneu- » sement. C'est le plus beau cadeau que je puisse » te faire ; sache le conserver et t'en servir con- » venablement ».

A ces mots, le génie disparut. Plein de reconnaissance, Auguste ouvrit aussitôt le parapluie qu'il venait de recevoir, et le calme succéda à la plus affreuse tempête.

Depuis lors il n'a point cessé d'en avoir lui-même le plus grand soin, et d'en éprouver les plus salutaires effets ; et lorsque, enfin, il sentit arriver le moment de payer à la nature le tribut que nous lui devons tous, il fit approcher ses héritiers, leur remit le précieux talisman auquel il avait dû le repos de ses vieux jours, et après leur avoir fait promettre de le conserver toujours intact, il le légua à ses descendans, qui depuis lors lui ont donné le nom de *Parapluie Patrimonial.*

Imprimerie de F.-P. HARDY, rue Dauphine, n. 36.

www.ingramcontent.com/pod-product-compliance
Ingram Content Group UK Ltd.
Pitfield, Milton Keynes, MK11 3LW, UK
UKHW020502220726
13923UKWH00006B/2704

9 782019 259792